LE CHEVALIER

DE

QUIÉVREVILLE

ET SA CAPTIVE,

HISTOIRE NORMANDE,

Par PIERRE DUMESNIL,

Auteur d'ALAIN BLANCHART.

ROUEN,

CHEZ A. AILLAUD, ÉDITEUR,
Rue St-Nicolas, 31,

ET CHEZ TOUS LES LIBRAIRES.

1856.

LE CHEVALIER DE QUIÉVREVILLE

ET SA CAPTIVE.

—— ∘∘⋅⦿⋅∘∘ ——

I

> O Amélia! je vous aime passionnément, et
> cet amour m'est doux, car il est pur et idéal.
> Si je vous possédais, la jalousie entrerait dans
> mon cœur. Je vous crains et je vous aime.
>
> (MÉTASTASE.)

En l'année 1506, le chevalier de Quiévreville, cadet d'une famille normande, dont la principale résidence était à Rouen, ce noble jeune homme déshérité,
par la coutume d'alors, de sa part au patrimoine de
ses aïeux au profit de son frère aîné, fut mis, par
ses parents, en demeure de choisir une carrière dans
les trois professions qui ne faisaient pas *déroger*,
c'est-à-dire décheoir de noblesse.

Ces professions étaient :

L'épée, qui conduisait aux hauts grades militaires,

jusqu'au bâton de connétable ; la cléricature, qui me-
nait aux abbayes , aux prieurés , aux évêchés et au
cardinalat ; et enfin la robe, qui faisait parvenir aux
hautes dignités dans l'ordre judiciaire, jusqu'au titre
éminent de grand chancelier de France.

Le cadet de Quiévreville fut appelé solennellement
dans le grand salon de famille, en présence de son
père et de sa mère.

— Mon fils, lui dit le comte, vous êtes arrivé à
l'âge auquel mes parents m'ont mis la bride sur le
col ; j'avais dix-huit ans comme vous. En qualité de
cadet, n'ayant, comme moi, à compter sur aucun hé-
ritage , vous avez reçu l'éducation nécessaire pour
vous déterminer dans le choix de votre vocation.
Vous en savez quatre fois plus , et ce n'est pas beaucoup dire , que je n'en savais lorsque mes parents
m'ont abandonné à moi-même. J'ai choisi l'épée, car
les paperasses et les vieux parchemins m'ont toujours
été fort désagréables, ainsi que ceux qui les griffon-
nent. Je n'ai cependant pas la prétention de vous im-
poser mes goûts. Mme votre mère et moi nous sommes
bien décidés à vous laisser choisir librement votre
profession, et nous vous donnons un mois entier pour
réfléchir et nous faire connaître votre décision.

Après cette allocution , le jeune homme s'inclina
en signe d'obéissance et de soumission, et, ayant baisé
respectueusement la main de son père et celle de sa
mère, il se retira.

Mme de Quiévreville, femme d'une piété angélique,
ne comprenait guère le mérite de ces grands coups
d'épée et de lance, que son mari, en qualité d'ancien
cadet ayant fait son chemin dans les armes, regardait
comme le suprême de la perfection humaine. Elle
était mère, elle avait peur ; d'autant plus qu'une in-

vention terrible, celle de la poudre et de ses applications meurtrières, avait déjà alors rendu inutiles les armures et la valeur. C'est ce qui a tué la chevalerie.

Pendant les premières années, où l'influence maternelle domine dans l'éducation des enfants, elle s'était efforcée de donner à son fils des principes religieux assez solides pour résister à toutes les épreuves. Elle espérait ainsi le voir opter pour les ordres ecclésiastiques.

Le cadet de Quiévreville, beau, aimable et ingénu comme on ne l'est plus, désirait, en fils respectueux, concilier les désirs mal dissimulés de son père et ceux un peu plus secrets de sa mère.

Il se décida donc à entrer dans l'ordre des chevaliers hospitaliers de Saint-Jean de Jérusalem qui, tout en faisant les trois vœux monastiques de pauvreté, de chasteté et d'obéissance, portaient, cependant, l'armure et l'épée.

Un mois après, jour pour jour, il fit connaître sa détermination à ses parents.

Son choix fut bien accueilli. Sa mère fit le sacrifice de ses terreurs de femme ; son père, d'un autre côté, fut satisfait de le voir entrer dans un ordre guerrier, d'autant plus qu'il n'était pas sans exemple qu'un religieux de Saint-Jean de Jérusalem eût été, en cas de *déshérence*, relevé de ses vœux par le pape, tandis que, dans les ordres ecclésiastiques purs et simples, cela était, sinon impossible, car le pape est omnipotent, au moins d'une difficulté extrême. Il n'eût pas fallu moins, dans ce dernier cas, que l'influence d'un puissant souverain. En cas de mort de son fils aîné, sans postérité, il restait ainsi au comte de Quiévreville l'espérance de ne pas voir s'éteindre la branche de famille dont il était le chef.

Trois mois s'écoulèrent dans les préparatifs et les adieux, et le jeune gentilhomme, équipé et armé suivant la règle des frères hospitaliers de Jérusalem, qui portaient alors le nom de *Chevaliers de Rhodes* et furent appelés, plus tard, *Chevaliers de Malte*, s'embarqua à Aigues-Mortes, pour aller commencer son noviciat.

A son débarquement à l'île de Rhodes, résidence principale des religieux et séjour du grand-maître, il présenta à Emeri d'Amboise, qui remplissait alors cette haute fonction, ses lettres de recommandation et les certificats nécessaires à son admission, et après vérification de ses titres de noblesse, il fut reçu, par le chapitre, en qualité de novice.

Nous ne le suivrons pas dans ces premières années d'épreuves, nous contentant de rapporter qu'il les subit victorieusement et fut admis, après les délais de rigueur, à prendre l'habit et prononcer les vœux.

II

Les religieux hospitaliers de Saint-Jean de Jérusalem tirent leur origine du temps des Croisades. Ils avaient fondé, d'abord, un couvent destiné à héberger les pélerins catholiques qui venaient rendre visite aux lieux-saints. Plus tard, ils obtinrent du pape la permission de s'armer pour les escorter et les défendre contre les agressions des Musulmans.

L'esprit militaire se développa tellement depuis dans cet ordre, élevé dans le principe suivant la règle de Saint-Augustin, que les chevaliers de Saint-Jean de Jérusalem devinrent les plus terribles adversaires de l'empire du Croissant.

Ils s'étaient attachés aux flancs du colosse ottoman, comme le taon, cette mouche redoutable, s'attache aux flancs d'un lion rendu furieux par ses piqûres.

Peu nombreux, mais se multipliant par le mystère et la rapidité qui régnaient toujours dans leurs agressions, ils opposèrent une barrière puissante aux envahissements des sectateurs de Mahomet, qui, sans eux, eussent fait plier le monde sous un joug plus dégradant que la servitude antique.

Des pirates mécréants, incessamment armés, faisaient des descentes continuelles sur les côtes de l'Espagne, de la Sicile, de l'Italie et du midi de la France.

Tout ce qui était beau, en fait de femmes et de filles, tout ce qui était fort et jeune en fait d'hommes, était enlevé par ces brigands redoutables. Les enfants à la mamelle, eux-mêmes, n'étaient point à l'abri de leurs rapts. Tous ces infortunés arrachés nuitamment à leurs époux, à leurs pères et mères, à leurs familles, disparaissaient dans l'oubli ; on n'en entendait plus parler.

Les femmes et les filles, après avoir paru dans les bazars et sur les marchés d'esclaves, allaient peupler les harems des Sardanapales orientaux.

Les hommes étaient soumis aux plus rudes travaux, aux plus infâmes et cruels traitements.

Ceci est de l'histoire la plus véridique. Il existe à Ischia, île située dans le golfe de Naples, deux endroits placés sur des hauteurs et nommés, l'un la *Sentinella grande*, l'autre la *Piccola Sentinella*. Des vedettes placées, jour et nuit, dans des observatoires d'où l'on découvrait toute la surface de la mer, étaient chargées d'annoncer, par un son de trompe, l'approche de tout navire suspect et de mauvaise allure. Les habitants des villages s'enfuyaient alors dans la montagne, emportant leurs malades, leurs vieillards et leurs enfants ; ceci se passait encore au siècle dernier. Maintenant que l'Orient s'est civilisé, la grande et la petite Sentinelle ne sont plus que des auberges où l'on jouit d'une des plus belles vues du monde.

Les chevaliers de Rhodes, par représailles, faisaient aussi des expéditions, tantôt sur un point, tantôt sur un autre des vastes côtes de l'empire ottoman, rivalisant de ruse et d'astuce avec les Orientaux, leurs voisins, et tâchant même de les surpasser. Malgré leur caractère religieux, ils regardaient ces moyens comme de bonne guerre.

Ces guerriers, qui étaient en même temps de très-habiles marins, et connaissaient tous les idiômes des langues orientales, ainsi que la langue franque, employaient les déguisements les plus raffinés, et s'aventuraient, avec une audace inouïe, en plein pays ennemi. Seulement, ces costumes étaient habilement choisis et combinés, pour éviter de porter le turban, signe de réprobation.

Méprisant les tortures et la mort, ils prenaient d'avance les renseignements les plus minutieux et préparaient ainsi le succès de leurs entreprises.

Tous les hommes valides qu'ils pouvaient saisir étaient pris par eux pour fournir des rameurs à leurs galères. Les femmes étaient enlevées aussi, mais seulement de leur consentement. Lorsque les chevaliers envahissaient un harem, celles de ces pauvres créatures, chrétiennes ou non, qui se mettaient sous la protection du signe de la croix, étaient soustraites par eux à ce grossier matérialisme des orientaux, qui croient que la femme, cette belle œuvre de Dieu, n'a pas d'âme.

Les chrétiens et les chrétiennes étaient rendus à leurs familles. Quant aux femmes musulmanes, elles trouvaient refuge et instruction dans des couvents fondés sous le patronage des chevaliers de l'ordre de Saint-Jean de Jérusalem.

Des frères servants d'armes, qui ne pouvaient as-

pirer au grade de chevalier, faute de titres de noblesse, remplissaient les fonctions d'écuyers et com-
battaient auprès de leurs supérieurs avec un courage
égal.

Ils jouaient aussi habilement le rôle d'éclaireurs
en permanence. Les plus adroits s'établissaient même
à demeure, sous prétexte de commerce ou de toute
autre profession dans différentes villes du littoral, et
y séjournaient au milieu des naturels du pays, com-
muniquant, de la manière la plus secrète, avec les
hauts dignitaires de leur ordre.

Ce fut dans une des expéditions dont nous venons
de parler que le chevalier de Quiévreville devint le
héros d'une aventure si romanesque et qui lui fit
trouver une si belle mort, que plus d'un cœur de
femme, plus d'un cœur d'homme en tressailleront.

O Châteaubriand, ô Bernardin-de-Saint-Pierre,
grands peintres de l'amour malheureux ! que n'ai-je,
moi, pauvre inconnu, votre plume, maintenant brisée
par la mort, pour retracer cet épisode saisissant !

III

Le sourire de celle que j'aime
est comme une rose qui s'épanouit,
et ce sourire est si doux, qu'il
semble dire toujours : Aimez-moi,
je vous aime !

C'était à Tripoli, port de la Turquie d'Asie, aux heures du matin d'une belle journée d'été.

Une brise fraîche ridait doucement la surface de la mer, et faisait voltiger les tentes blanches suspendues par des cordages dans les étroites rues, et désignant, par leur présence, les cafés et les boutiques les plus achalandés.

Les femmes, emmaillottées dans un large costume blanc, drapé autour d'elles de manière à ne laisser rien deviner de leurs formes, revenaient du bain. On n'apercevait de leur personne qu'un grand œil noir, rayonnant au milieu d'une auréole artificielle de bleu foncé qui rehaussait encore son éclat.

Celles des Musulmans riches étaient en troupe, et suivies par un affreux eunuque noir, armé d'un cimeterre. Elles traversaient une population assez nombreuse, composée entièrement d'hommes, qui se rangeaient pour leur livrer passage, en tournant le visage du côté du mur.

Les marchands de concombres, de pastèques,

d'oranges et de citrons, recevaient, en ce moment, de nombreux visiteurs, qui venaient se prémunir contre l'ardente chaleur qui devait se faire sentir à midi.

Alors, la brise tombe, le soleil déploie une force si grande, que les rues, malgré leur étroitesse, deviennent presque impraticables, et que les marchands sont obligés de fermer leurs boutiques. Les cafés seuls restent ouverts, mais ils sont protégés par d'épaisses tentures et continuellement rafraîchis par des arrosements et des fontaines jaillissantes, qui font perdre à l'air sa sécheresse.

Un beau jeune homme, enveloppé dans un grand burnous d'étoffe blanche et légère, vêtement très-commun parmi les Arabes de l'Afrique, parcourait une des rues principales de Tripoli.

Son capuchon, lié autour de sa tête par une corde de poil de chameau, et rabattu sur ses yeux, ne laissait apercevoir que le bas de sa figure basanée. Avec une impassibilité musulmane, il s'avançait lentement, coudoyé par des passants presqu'aussi silencieux que lui. Rien de bruyant ni de bavard dans les habitudes de ces peuples qui ne parlent que quand ils ne peuvent s'en abstenir. *La parole est d'argent*, dit un proverbe d'Orient, *mais le silence est d'or*.

Ce personnage à l'allure barbaresque et dont les mouvements onduleux et la marche cadencée annonçaient un homme de mer habitué au roulis et au tangage, ce personnage, dis-je, était le chevalier de Quiévreville déguisé, et chargé de faire un coup de main dans la ville de Tripoli.

Devant un grand bâtiment de sinistre apparence, muré du haut en bas, comme toutes les habitations des riches orientaux, et n'offrant d'autre ouverture sur la rue qu'une porte mauresque entrebaillée et gardée par un grand eunuque noir, il s'arrêta.

Cet édifice appartenait à l'un des plus riches marchands d'esclaves du pays, et renfermait un grand assortiment d'hommes, de femmes et d'enfants à vendre. A certaines heures, il sortait de cette porte entrebaillée des sons d'instruments, accompagnés de pleurs et de gémissements féminins.

C'étaient les esclaves femelles, qu'on dressait, de gré ou de force, et même au moyen du fouet, à ces danses lascives de l'Orient, destinées à n'être vues que par un seul homme, et qui, avec le chant et la musique instrumentale, forment la seule éducation des perles des harems.

En arrivant en ce lieu, le chevalier de Quiévreville eût frissonné, mais les Orientaux sont trop clair-voyants ; avec ces profonds et rusés observateurs, le silence même est éloquent.

Près de l'entrée de la maison stationnait un juif, étalant aux passants une boutique portative garnie de fruits secs de toute espèce.

A des signes mystérieux, le faux capitaine barbaresque reconnut, dans ce marchand, un éclaireur de l'ordre de Saint-Jean de Jérusalem et se fit reconnaître par lui ; mais cette reconnaissance se fit sans aucune marque de surprise, sans aucun changement de l'expression du visage.

— Chien ! lui dit-il, suivant la manière dont les musulmans traitent ceux qui n'ont par leur croyance, chien ! tes dattes sont-elles du désert ?

— Oui, seigneur. Elles viennent de Szaana, ville si renommée pour la qualité de ses fruits, et elles ont été cueillies aux palmiers de l'Arabie pétrée.

— Tu mens peut-être, chien de mécréant ! — Mais

comme elles sont belles, choisis-m'en, des plus grosses, pour une piastre.

Le juif fit son choix avec empressement, et observant avec soin son rôle de voleur, car l'eunuque du marchand d'esclaves était présent, il trouva le moyen de ne lui en donner que pour la moitié de sa petite pièce de monnaie, lui prodiguant, pour l'autre moitié, force révérences et force remerciements.

Après cette acquisition, le chevalier de Quiévreville entra dans un café, pendant que l'eunuque riait de la facilité avec laquelle il s'était laissé duper par le juif. Il s'accroupit sur les divans, se fit servir du café et sortit avant l'heure de la grande chaleur du jour.

Il prit nonchalamment le chemin qui conduisait à la mer et rentra à bord d'une tartane d'assez mauvaise mine, capturée par les chevaliers de Rhodes aux environs d'Alger, et qui, sous pavillon barbaresque, semblait dormir à l'entrée du port de Tripoli, garantie du soleil par ses voiles disposées en forme de tente.

Se renfermant alors dans la cabine de poupe, il ouvrit les dattes une à une, et y trouva, à la place du noyau, qui avait été habilement enlevé, plusieurs petits morceaux de parchemin roulés et qui, réunis ensemble, contenaient tous les renseignements utiles pour envahir la maison du marchand d'esclaves le soir même, car le faux juif s'était introduit plusieurs fois dans l'édifice, sous prétexte de vendre sa marchandise, et avait même contracté des intelligences avec une captive française, qui devait jeter une corde du haut de la muraille, dans une petite ruelle où personne ne passait ; cela devait avoir lieu trois heures après le coucher du soleil.

IV

Il y avait déjà longtemps que la voix du muezzin,
qui retentit du haut des minarets des mosquées, le
matin, à midi et à la chute du jour, invitant les mul-
sulmans aux ablutions et aux prières prescrites par
le Koran, il y avait longtemps, dis-je, que cette voix
s'était fait entendre pour la troisième et dernière
fois de la journée, lorsque le chevalier de Quiévreville parut tout-à-coup au milieu du sombre édifice.

Il rejeta son burnous blanc, et se fit voir revêtu
de l'armure des chevaliers de Saint-Jean de Jérusalem, et portant par dessus, la soubreveste rouge, à la
croix blanche à huit pointes sur l'épaule gauche. Ce
costume, bien connu et redouté, le rendait semblable
à l'ange exterminateur paraissant dans les rues de
Jérusalem.

Suivi seulement de six compagnons, il fit un geste
impérieux de commandement, et tout le monde resta
terrifié et muet.

Une petite fille d'une douzaine d'années se jeta à
ses pieds, toute effrayée et pleurant.

— Ah! seigneur, dit-elle, ne me tuez pas, je vous

en prie! Je serai votre petite servante, et je vous servirai à genoux.

— Mon enfant, lui répondit le chevalier de Quiévreville en la relevant, ne crains rien ; tu vas venir avec moi à l'île de Rhodes, où tu seras libre et plus heureuse qu'ici.

—A l'île des Roses! dit l'enfant, passant subitement de la crainte à la joie, avec la mobilité de son âge, à l'île des Roses!... Moi qui les aime tant! Je pourrai sortir et en cueillir, n'est-ce pas?... ce ne sera pas comme ici, où je suis toujours enfermée et ne puis jamais courir.

Rhodes signifie, en grec, *Pays des Roses.*

— Oui, lui dit le chevalier, tu pourras en cueillir autant qu'il te plaira.

— Vraiment! Oh! quel bonheur!

— Oui, je te le promets. Mais ta mère est-elle ici?

— Oh! non, seigneur, il y a déjà longtemps qu'elle dort, et elle ne s'éveillera plus.

— Tu es donc toute seule?

— Oui, toute seule, avec ces méchants qui me frappent souvent.

— Eh bien! mon enfant, essuie tes larmes. On ne te frappera plus jamais. Je te prends sous ma protection, et celui qui oserait te frapper désormais me le paierait cher.

Pendant ce court entretien, tous les eunuques, y compris le maître du logis, et tous les esclaves, hommes et femmes, furent liés et baillonnés, car le moindre cri pouvait donner l'éveil et mettre sur pied toute la ville. La jeune captive seule resta libre, sur sa promesse d'être aussi muette que si elle dormait.

Tout le monde fut conduit, à diverses fois et par troupes, à bord de la tartane. De Quiévreville prit la

petite esclave dans ses bras, l'enveloppa de son burnous, pour qu'elle ne sentît pas la fraîcheur du soir,
et la porta lui-même dans son navire, qui était déjà
prêt à appareiller.

On largua silencieusement les amarres, on se couvrit d'autant de voiles qu'on en pouvait porter, et,
favorisé par un vent favorable, le bâtiment était déjà
loin du port avant que l'alarme ne fût donnée.

Les canons des forts tonnèrent, mais trop tard, et
encore fût-ce le faux juif qui donna le premier l'éveil
au pacha de Tripoli, lorsqu'il vit que la tartane
n'avait plus rien à craindre.

Cette expédition, accomplie sans perdre un seul
homme, fit le plus grand honneur au chevalier de
Quiévreville, à cet homme de vingt et quelques années, fort et courageux comme un lion, pur comme
une jeune fille, et auquel il ne manquait, pour deve-
nir un type de perfection, que d'éprouver les tortures
d'un amour malheureux.

O de Quiévreville ! cette charmante enfant que tu as
emportée dans un pan de ton burnous, elle sera pour
toi l'objet d'un amour idéal et sans bornes ; tes vœux
et ta cuirasse ne pourront t'en défendre, car *l'amour*,
suivant les saintes écritures que tu as étudiées pendant ton noviciat, *l'amour est plus fort même que la
mort !*

V

L'amour malheureux est une douleur, mais cette douleur est plus douce que la vie sans amour, car l'espoir de se posséder un jour est toujours là.

La jeune captive fut baptisée presqu'aussitôt, et le chevalier de Quiévreville fut son parrain.

Il chercha ensuite à la rendre à sa famille, si elle en avait une. Mais ce fut en vain qu'il l'interrogea sur son origine et sur le lieu de sa naissance. Ses souvenirs étaient confus ; elle se rappelait seulement qu'elle avait été enlevée, avec sa mère, par de vilains hommes qui lui avaient fait bien peur, et que sa mère, suivant sa manière poétique et orientale de désigner la mort, s'était endormie pour ne plus s'éveiller.

Le marchand d'esclaves, qui ramait alors sur une galère, fut aussi interrogé, mais il déclara l'avoir achetée avec sa mère, sans connaître le pays où elle était née. Cela n'était point probable, mais il avait son but et persista dans ses dénégations, prétendant ne rien savoir de plus, parce qu'elles parlaient, à leur arrivée, une langue inconnue que l'enfant avait oubliée depuis.

Consciencieux comme il l'était, le chevalier de Quiévreville ne s'en tint pas là. Il fit prendre des informations, par les correspondants de l'ordre de Saint-Jean de Jérusalem, sur toutes les côtes de la Circassie et de la Mingrélie, dont la jeune fille, par l'excessive régularité de ses traits et la perfection de la forme de son visage, paraissait devoir être originaire.

Tous ses efforts, toutes ses démarches furent inutiles, et dès lors il se regarda comme son père adoptif, ses vœux ne lui permettant que ce genre de paternité.

Elle fut donc placée par lui dans un couvent de femmes, situé dans un faubourg de la ville de Rhodes, capitale de l'île du même nom.

Cet établissement fut choisi par lui, parce qu'il y avait un magnifique jardin où les roses abondaient et répandaient dans l'air, surtout le matin et après le coucher du soleil, au moment où la rosée tombe, les plus délicieux parfums. Elle reçut dans ce séjour embaumé l'éducation religieuse et l'instruction, fort peu étendue, que les femmes recevaient alors.

Quelques années après, la jeune personne avait grandi ; comme un oiseau condamné depuis longtemps au supplice de la cage, frétillerait d'allégresse et secouerait joyeusement ses ailes en jouissant de l'air pur et de l'espace, elle s'était épanouie au sein de la liberté et était devenue la favorite des religieuses, dont elle embellissait, par sa grâce et ses manières d'enfant gâté, mais caressant, la solitude cénobitique.

Elle avait voué à son protecteur une affection enfantine mais sans bornes ; quand il était absent pour quelqu'expédition ordonnée par les chefs de l'ordre, elle devenait languissante. Sa gaieté faisait place à la mélancolie, les roses du jardin perdaient, pour elle, leurs parfums et leurs attraits ; et tout cela n'était ni calculé, ni seulement réfléchi.

Lorsqu'elle le revoyait, c'était avec des expansions de joie et d'affection semblables à celles d'un chien, ce symbole de la fidélité, au retour de son maître.

O coquetterie ! invention féminine des pays civilisés, qu'es-tu en comparaison de ces élans de l'âme?

Grâce à ses fréquents voyages, aux dangers au milieu desquels il vivait sans cesse, grâce à ses scrupules religieux si grands, le chevalier ne s'apercevait pas de la séduction qui entourait sa protégée, arrivée à l'âge de la puberté, et dont il n'était séparé que par une différence d'âge d'une douzaine d'années.

Il lui avait voué une affection douce et paternelle, et la différence des sexes n'existait pas pour lui ; mais une terrible épreuve à laquelle il fut soumis, vint lui rappeler cruellement qu'il était homme.

Après quelques mois de captivité, le marchand d'esclaves dont nous avons parlé se racheta moyennant une rançon qui fut fixée à un très-haut prix.

Une fois en liberté, ce misérable, qui avait reconnu dans la jeune captive tous les caractères d'une beauté très-rare, et qui espérait la vendre plus d'un million à quelque grand personnage, peut-être au sultan lui-même, ce misérable, dis-je, proposa de la racheter et éleva même graduellement ses propositions jusqu'au prix qu'il avait payé pour lui-même, c'est-à-dire dix mille francs de notre monnaie. On lui répondit qu'elle ne serait vendue pour aucun prix, que cela était contraire aux statuts de l'ordre, d'autant plus qu'elle n'était point sa parente et qu'elle était chrétienne. Il ne renonça pourtant pas à se ressaisir de sa proie.

VI

Par une de ces nuits d'Orient où les astres, grâce
à l'absence de toute vapeur dans l'atmosphère, se
détachent sur le ciel sans aucun rayonnement,
comme des paillettes d'or et d'argent sur un fond de
velours noir, le chevalier de Quiévreville était à sa
fenêtre plongeant ses regards dans le firmament et y
cherchant, avec les yeux de la foi, cette patrie céleste,
dans laquelle les larmes doivent être inconnues et
oubliées.

Tout-à-coup, un cri de détresse retentit ; il reconnut la voix de la captive. Des flammes brillèrent subitement : le couvent qui lui servait d'asile était en
feu.

Connaissant les ruses des Orientaux, il ne crut pas à
un incendie naturel. Il se précipita de sa fenêtre, élevée d'un étage seulement, et courut dans la direction
des cris qui s'éloignaient.

A la lueur du feu, il vit une femme emmenée par
des hommes vêtus de couleur sombre, qui s'enfuyaient du côté du rivage. Il comprit qu'il s'agissait
d'un enlèvement.

Il ne les poursuivit pas, car ils étaient déjà trop
loin, mais il s'élança vers le port, sauta à bord d'une
galère, éveilla le garde-chiourme par un cri d'alarme.

Celui-ci fit tomber une grêle de coups de fouet sur les rameurs enchaînés et rivés à leurs bancs ; la galère prit sa course, et, au bout de quelques minutes, elle était en pleine mer, voguant au milieu d'une obscurité profonde.

Debout à l'avant, et guidé seulement par une lueur phosphorescente fugitive et incertaine, produite par le sillage du bâtiment musulman qui lui enlevait sa fille d'adoption, il attendit avec impatience le lever de la lune, qui devait avoir lieu au bout d'une heure.

Cet astre parut enfin ; à sa lueur il distingua un navire supérieur en force au sien, voguant à toutes rames et à une distance assez rapprochée pour qu'il pût entendre leur clapottement dans l'eau.

La poursuite dura plus de vingt-quatre heures.

Le chevalier resta, pendant tout ce temps, à la proue, excitant les rameurs, et ne put prendre ni repos ni nourriture.

Les côtes de la terre ennemie devinrent visibles, puis se rapprochèrent ; mais la distance primitive, qui séparait les deux bâtiments, avait beaucoup diminué.

Un souffle de vent vint permettre au chevalier de Quiévreville de faire orienter une grande voile latine ; dès lors il se vit encore plus rapproché du corsaire mahométan. Il entendait déjà ce qu'on disait à bord.

Enfin ils furent près de s'aborder ; il ne restait plus que quelques toises d'intervalle. Mais, ô douleur !... un grand nègre parut sur la poupe, portant une femme dans ses bras ; il la jeta dans la mer, en criant : Elle n'appartiendra à personne.

— Tribord la barre ! cria d'une voix éclatante le chevalier de Rhodes, pour faire changer la direction de sa galère, qui allait passer sur la jeune fille flottant encore, et l'engloutir à jamais.

Il était déjà dans la mer, plongeant et saisissant celle qui périssait. Son commandement avait été exécuté à temps.

On crut à bord du navire que le coup de barre qu'il avait ordonné était destiné à mettre les bâtiments côte à côte pour l'abordage, et son équipage, acharné à la poursuite, ne s'aperçut pas de son saut dans les vagues; les navires s'éloignèrent.

La captive n'avait pas eu le temps de perdre connaissance.

— N'aie pas peur, mon enfant, lui dit doucement de Quiévreville, mets-toi sur mon dos, prends-moi par le col, et Dieu nous aidera.

— Ah! avec vous je n'ai pas peur, dit-elle, en lui passant ses beaux bras autour du col, sans le serrer. Tenez! si je ne craignais pas de vous fatiguer, je voudrais toujours rester ainsi, et si nous mourons ensemble, ce sera encore du bonheur pour moi.

— Eh bien! mon enfant, rassure-toi, et appuie-toi sans crainte, car tu me sembles légère comme une plume, et la terre est proche.

Et il sentait le souffle virginal et haletant de la jeune fille caresser son col et sa joue.

Au premier moment, ces paroles si tendres, ce souffle brûlant quoique doux, ne lui produisirent point d'impression forte; ce fut comme une graine légère mais puissante, qui s'introduit inaperçue au sein de la terre, et se développe bientôt sous la forme d'un aloès, le géant des fleurs. (1)

---

(1) L'aloès est une plante fort ingrate et désagréable à l'œil, mais quand elle fleurit, ce qui arrive bien rarement, elle est admirable.

VII

Voici comment l'amour pénétra dans son cœur.

La course à la nage avait été longue, car, par un effet qui arrive toujours en mer, le rivage était encore loin, quoiqu'il parût tout près.

Ils mirent pied à terre dans un endroit désert, à l'embouchure d'une petite rivière. Avant de laisser sécher leurs habits, que le sel dont ils étaient impré-gnés aurait raidis, ils se plongèrent entièrement dans l'eau douce et y restèrent quelques minutes se lavant le visage et les mains.

Grâce à la douceur du climat et aux rayons du soleil levant, leurs vêtements qui étaient fort légers, furent secs au bout d'un quart-d'heure.

Il n'y avait point d'arbres, mais seulement des aloës et des figuiers d'Inde, ce genre de plante grasse que les botanistes nomment *Cactus à raquettes*, et qui produit un fruit si épineux, comme la plante elle-même, que les marchands qui en vendent, dans le midi, sont munis de gants en cuir épais pour les cueillir et les peler. Ajoutons que ce fruit est à peu près aussi savoureux que la nèfle au sortir de l'arbre, ce qui n'est pas faire son éloge.

Ils se servirent d'une coquille tranchante, pour les faire tomber de la plante et les éplucher tant bien que mal, et la faim les leur fit trouver bons.

Epuisée de fatigue , par suite des émotions qu'elle avait subies, la jeune personne sentait ses yeux s'allourdir et ses jambes se dérober sous elle.

—Allons, mon enfant, lui dit le chevalier de Quiévreville, tu dors debout, il faut te coucher et te reposer. Je vois là-bas une grotte dans les rochers, nous allons y aller et tu t'étendras sur de bon sable fin.

— Je le veux bien, dit-elle, mais à une condition, c'est que vous resterez près de moi et que vous me donnerez votre main à tenir dans les miennes.

— Mon enfant, j'y consens.

Il avait aperçu des traces de bêtes fauves ; il arracha donc, au bord de la rivière, un fort jonc de l'espèce la plus dure et qu'il choisit très-gros , et ils se dirigèrent vers la grotte.

Elle se coucha en lui disant adieu , et s'endormit d'un sommeil léger.

Assis auprès d'elle et la main dans les deux siennes, il n'eut d'autre chose à faire que de la regarder et il le fit.

Outre la régularité des traits, elle avait cette beauté d'expression , que les Italiens nomment *sympathie* et qui n'a pas de nom dans notre langue. C'est quelque chose qui est sur un visage, même irrégulier , et qui ressemble au velouté des fruits. C'est insaisissable , c'est indescriptible comme l'âme dont c'est la manifestation. La captive était petite de taille. Ne vous fiez point à ce genre de femmes ; elles ont l'air de vous dire : Laisse-moi entrer dans ton cœur, je n'y tiendrai pas beaucoup de place, car je ne suis pas grande, mais une fois entrées, elles l'accaparent tout entier.

— C'est singulier, pensa de Quiévreville, plus je la regarde et plus je la trouve jolie ; jusqu'ici je ne faisais pas attention à elle, pas plus qu'à une enfant ; mais ce n'est plus cette pauvre petite abandonnée que j'ai délivrée et portée dans mon burnous. Non, ce n'est plus elle. Je comprends bien maintenant cette parole que mon père me dit, quelques jours avant mon départ, en présence de ma mère, et qui la fit rougir.— *Les che-valiers de Rhodes ! Tu vas te trouver là, me dit-il, avec des moines qui sont de fameux gaillards et pas des cagots. Il est vrai que c'était dans une commanderie, et pas sous l'œil du grand-maître, mais je me suis battu une fois avec l'un d'eux qui prétendait que sa dame avait de plus beaux yeux que la mienne. Je* ne compris pas alors ; mon père me répondit : *tu comprendras cela plus tard.* C'est vrai, nous ne ressemblons guère aux autres religieux. Quand nous sommes en campagne, nous ne pensons guères aux vêpres, aux matines et au bréviaire. Beaucoup de mes confrères, se contentent d'observer rigoureusement le célibat, et prétendent que le vœu de chasteté n'est pas autre chose. Je pourrais faire comme eux, mais ce n'est pas noble, il faudrait se cacher. Quelle charmante créature ! que ses traits sont purs ! je la regarderais pendant une journée !... parce qu'elle dort, sans cela je n'oserais pas. J'aime assurément bien la bannière de notre ordre, cette croix d'hermine en champ de gueules ! elle brille, elle est éclatante comme le soleil qui se lève là-bas. C'est égal ; je crois que j'aime ma petite captive encore plus ; elle me dit des choses bien douces que la bannière ne me dit pas, et puis elle m'aime. Assurément, je ferais pour elle ce que le chevalier de notre ordre, dont mon père m'a parlé, a fait pour sa dame, en se battant contre lui. Je le regardais comme bien criminel; eh bien ! je briserais comme lui plus de cent lances en son honneur. Mais il n'y faut pas penser, car l'honneur est là. Je vais prendre, avec elle, des airs plus paternels que jamais, et quand je la regarderai, il faudra que je la regarde par-dessus la tête.

La jeune personne, qui avait ouvert bien des fois les yeux pour le caresser du regard, s'éveilla tout-à-fait.

— Tiens, dit-elle, je viens de rêver. Vous êtes là, et ce n'est pas assez, il faut que je vous voie encore en dormant. Je rêvais que j'étais sur votre dos dans la mer et que vous me sauviez la vie, comme tantôt. C'est singulier, je voudrais encore manquer de me noyer et que vous me sauviez.

Ils furent obligés de passer la nuit dans la grotte, car une tempête éclata. De Quiévreville obtint, de la jeune fille, qu'elle le laissât, à l'entrée, pour la garder contre les bêtes fauves dont il avait aperçu les traces.

Plusieurs animaux de la race féline vinrent, en effet, pour chercher un refuge contre la tempête. Ceux qui s'y étaient réfugiés avant eux entendirent leur flair bruyant; mais, trouvant leur gîte occupé, ces bêtes se retirèrent.

Ils se mirent en route le lendemain, finirent par trouver des habitations, et y entrèrent. La captive se couvrit la figure pour se conformer aux coutumes des orientaux. Ils s'établirent au foyer d'une maison de pêcheurs, sans même leur demander la permission, car les mahométans poussent la vertu de l'hospitalité jusqu'au fanatisme. Ils reçoivent leur plus mortel ennemi, et lui donnent vingt-quatre heures pour s'éloigner, seulement ils évitent de manger du sel avec lui.

La jeune fille fut conduite auprès des femmes ; on les prit tous deux pour des naufragés de la dernière tempête, et on s'intéressa tellement à leur sort, qu'ils obtinrent une barque pour retourner à Rhodes, sur leur simple promesse de la renvoyer. Cette promesse fut largement remplie, car le chevalier de Quiévreville obtint, à son débarquement, la liberté d'un captif du pays, et le chargea de rendre le bateau à ses propriétaires.

VIII

Nous sommes en 1522, c'est-à--dire seize ans après l'époque où a commencé cette histoire.

Soliman, empereur des Turcs, harcelé continuellement par les hardis chevaliers de Rhodes, avait juré de les détruire tous jusqu'au dernier.

Il avait fait des préparatifs considérables : une flotte nombreuse avait été réunie, et les chevaliers hospitaliers de Jérusalem, dont le royaume (car c'en était un), tenait une place si imperceptible sur la carte, eurent l'honneur de voir déployer contre eux des forces si imposantes qu'elles eussent suffi contre un empire puissant.

Malgré les précautions prises par Soliman, pour déguiser ses desseins, Villiers-de-l'Isle-Adam, grand-maître de Rhodes, les avait devinés.

Déjà, depuis deux ans, il avait envoyé des chevaliers en mission, dans toute l'Europe catholique, pour recueillir les revenus arriérés des commanderies, faire même des emprunts et solliciter tous les souverains de lui prêter des secours en hommes et en argent.

De Quiévreville, qui ne pouvait plus supporter le regard de sa captive, qui rougissait devant-elle et ne pouvait cependant se priver de la voir, avait obtenu d'être chargé d'une de ces missions.

Il s'éloigna d'elle après lui avoir fait ses adieux en pleurant.

La vie lui était devenue à charge. Cet amour qu'il avait traité, d'abord, légèrement, avait pris un développement qui absorbait toutes ses pensées.

— Oui, disait-il en lui même, qu'elle est belle ! Son œil noir est velouté et rayonne d'un éclat sombre, comme une belle nuit. Sa voix est fraîche, profonde et pénétrante ! Sa beauté est comme un parfum enivrant et trop fort qui fait perdre la raison. Il entendait souvent à son oreille, ces paroles si tendres : *Je voudrais rester toujours ainsi, et si nous mourons ensemble, ce sera encore du bonheur pour moi !*

Ces douces paroles résonnaient, comme un écho qui répéterait toujours la même chose, sans s'affaiblir.

— Comment, ajoutait-il, cet être charmant ! cette créature parfaite ! elle pourrait m'appartenir, elle m'aime ! et elle ne sera pas à moi, un autre peut-être l'aura !

Il désira mourir, et ce fut dans ces sentiments qu'il arriva à Rhodes quelques jours avant le commencement du siége que l'abbé Vertot, né près d'Yvetot, et par conséquent notre compatriote, a raconté avec tant de talent.

C'est ici que je m'aperçois que je me suis imposé une rude tâche ! Châteaubriand ! Bernardin-de-Saint-Pierre ! que vous avez dû verser de larmes en racontant la fin d'*Atala* et de *Paul et Virginie* ! Ma plume tremble et mes yeux s'obscurcissent déjà. Si le commencement de cette histoire n'avait pas été livré à la publicité, si l'engagement n'avait pas été pris, je m'arrêterais. Mais il le faut, allons !...

A la fin de ce siége mémorable, dans lequel les chevaliers de Rhodes firent une défense admirable, construisant des fortifications nouvelles derrière celles qu'ils étaient obligés d'abandonner, et qu'ils faisaient sauter au moment de les quitter, pour que l'ennemi ne pût s'en servir contre eux, une tour très-forte, la tour Saint-Nicolas, qu'on n'avait point encore eu le temps de miner, fut tout-à-coup assaillie ; c'était la clé de la place.

Il fallut, à tout prix, conserver cette position pendant le temps nécessaire pour établir derrière, de forts retranchements, et creuser dessous une mine. On y envoya deux cents chevaliers, et de Quiévreville fut du nombre. Ils firent une résistance héroïque, se maintinrent pendant deux jours contre une nuée d'assaillants, et ne reculèrent pas d'une semelle.

Mais le nombre des Turcs qu'ils avaient sur les bras, jour et nuit, et la fatigue qui les accablait les avaient réduits à la dernière extrémité. Ils firent un signal de détresse ! Le grand-maître leur envoya dire de tenir encore six heures, qu'il le fallait ; qu'ils entendraient un roulement de tambours lorsque tout serait prêt, et qu'il comptait sur eux pour tenir leur vœu d'obéissance.

Les Musulmans redoublèrent de furie, mais pas un seul ne put mettre cependant le pied sur la tour.

L'heure arriva ; en ce moment le signal fut donné. Le bombardier se tenait déjà au bout de la traînée de poudre, mêche allumée.

Les défenseurs de la tour Saint-Nicolas s'enfuirent et l'abandonnèrent aux assiégeants. Le chevalier de Quiévreville fit un effort pour se retirer aussi, car le chrétien doit tout faire pour conserver la vie, lors même qu'il a le plus besoin de la quitter, mais il était blessé à mort ; il chancela, mais ne tomba pas. Les Musulmans envahirent la tour; et hésitèrent en présence de cet homme encore menaçant, d'autant plus qu'un sourd grondement vint tout faire trembler. Au même instant, une femme parut sur la plate-forme et se précipita en courant sur le chevalier, qu'elle étreignit de toute sa force. C'était la captive. La tour chancela comme un homme ivre, sans tomber encore. Les Mahométans, comprenant que la dernière heure était venue, se jetèrent la face contre terre en criant : Allah est grand !

Il ne resta debout que de Quiévreville, étreint par les bras de la captive.

— Ah ! oui ! s'écria-t-elle, Dieu est grand ! il nous unit dans son sein.

FIN.

ROUEN. — IMP. H. RENAUX, RUE DE L'HÔPITAL, 25.

www.ingramcontent.com/pod-product-compliance
Ingram Content Group UK Ltd.
Pitfield, Milton Keynes, MK11 3LW, UK
UKHW020102100726
13658UKWH00004B/1931